청어詩人選 346

허
정
아

시
집

청어

감성을 두드리다

허정아 시집

추천의 글

윤보영(시인)

"시를 시답게 쓰는 시인!"

이 말은 허정아 시인의 시를 먼저 읽는 사람으로서 해주고 싶은 말이다.

말 그대로 허정아 시인의 시 속에는 읽는 맛이 담겨 있다.

시인들은 자신의 시를 더 많은 사람이 읽어 주길 원하고 또 더러는 캘리그라피 작품으로 만들어 보여주고 싶어 한다.

반면 허정아 시인은 캘리그라피 작품으로 개인 전시회를 개최할 정도로 수준 높은 작가지만 자신의 작품뿐만 아니라 다른 시인들의 시를 캘리그라피 작품으로 만들고 있다.

시를 먼저 써왔고 또 수많은 캘리그라피 작가들을 만나온 나로서는 이해가 안 되는 부분이기도 하다. 그러나 허정아 시인은 이 멋진 나눔을 계속해 오고 있다.

이처럼 허정아 시인은 일상에서 얻은 사소한 감동뿐만 아니라 고향에서 담아온 아름다운 기억까지 시 속에 담아 독자들과 나누고 있다. 그래서일까? 허정아 시인을 만나는 사람들은 고맙다는 생각과 감사하다는 말을 먼저 하게 된다.

　앞으로 시인으로서 열심히 노력하는 작가가 될 허정아 시인의 앞날에 먼저 감성시를 적어 온 시인으로서 함께 할 것을 약속드린다.

부족한 표현을 적고
다듬고
내 안의 감성을 두드린다

내 마음은
온통 노트다
일상을 적고
행복이 저절로 다듬어지는

−노트 시 중에서

갑자기 건강에 이상 신호가 왔고 마음이 참 힘든 시간에 따뜻한 손 내밀어 일상을 감성 시로 채워갈 수 있게 응원해주신 윤보영 시인님(스승님)께 진심으로 감사드립니다.

허정아

차 례

1부
감성을 두드리다

2부
감성을 작품으로

제 시를 사랑해 주시고 곱게 작품 해 주신
캘리그라피 작가님들께 감사드립니다.

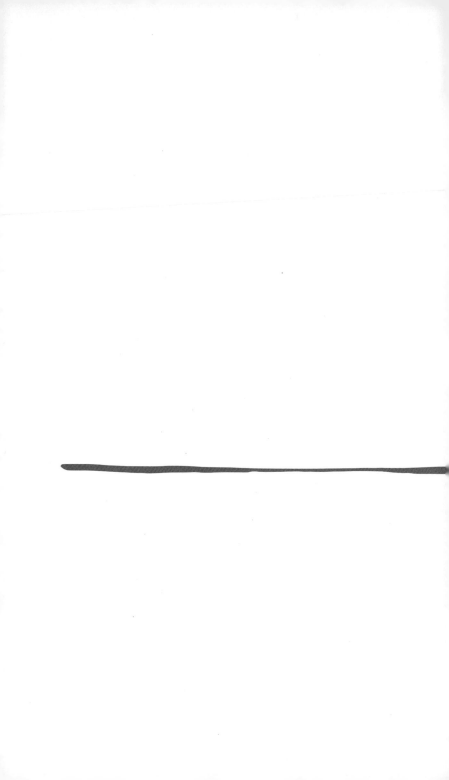

1부

감성을
두드리다

커피가 맛있는 시간

밤을 뒤척이다 보니
새벽이 달려와 있다
그대 생각도 함께 데려온 새벽!
그래서일까
이 시간에
그대 생각 담고 마시는 커피
참 맛있다

커피가 맛있는
시간

까치

늦은 오후
기분 좋은 까치다
아이 걸음으로 다가서는 그 순간
요란스럽게 우는 까치!

까치가
저리 기분 좋은 걸 보면
내 안의 그대를 본 게
분명해
곧 만날 수 있다는
바람을 읽었을 수도 있고

석류즙

먹어 보니
너무 좋아서
석류즙을 꼭
드시게 하고 싶었어요

석류즙이 배달되었다
뭉클!
참 따뜻한 그 마음!

오늘도 먹어 보니
참 좋다
그대 마음이라 생각하니
더 맛있다

호접란

베란다 문을 열면
나만의 작은 화단이 있다

사랑초와 제프란데스
꽃기린과 칼랑코에
제라늄, 호접란
서로 다른 빛깔로
웃어주는 작은 화단!

주는 건 물밖에 없지만
여름부터 계속 웃음을 선물하는 화단

너 때문에
너였으면 더 좋을
그래서 행복한 오늘

고백

바람이 잠들어
고요한 새벽
반짝이는 빛을 따라
마음속으로 들어간다
별이다
내 가슴에 달아둔
그대 얼굴이다

12월의 개나리

이런
이런
내 눈이
잘못되었는지
한참을 비볐다

꽃이다
내 안의 너다

낮달

여유로운 오후
정갈한 하늘에
네가 있더라

떠난 줄 알았는데
내가, 잠시
등 돌린 거였더라

눈

동그랗게
내리는 눈
눈이 시리다

너도 아닌데
네 얼굴로
가슴까지 시리게 한다

맑은 날

하늘이 맑은 날엔
눈 크게 뜨고
보고 싶은 그대 얼굴 그리고

하늘이 맑은 날엔
가슴을 크게 열고
보고 싶은 그대에게 편지를 적고

하늘이 맑은 날은
순간순간이 그대 생각입니다
순간순간이 즐거움입니다

봄비

봄비가
베란다
난간을
타닥타닥
두드려서 좋다

타닥타닥
내 안의 널 불러내면서
종일 내려도 좋다

보고 싶어도
견딜 수 있으니까
마음껏 내려도 좋다

아이스 아메리카노

한 모금
마시면
혈관을 타고
차고
짜릿하게 흐르는
활력소
그러다
결국
그대 생각을 불러낸다
고맙게도

내 친구

생일 선물이라며
학알 천 개 접어
예쁜 유리병에 담고

정성 가득한
손편지에
하트까지 그려 넣어

쉬는 시간 이용해서
내 책상 위에
슬쩍 올려두었던
친구!

어디서 살고 있는지
소식은 몰라도
언제 한 번은
만나고 싶은 친구

너도 가끔

내 생각하겠지!

내가 이리 생각하는데

아마도

아마도

꽃씨

올해는 이곳에서 싹을 틔웠는데
내년에는
어디로 갈까
즐거운 고민을 하지
그래 내년에는
좋아하는 사람을
가슴에 담고 사는
그 사람들 가슴에
싹을 틔워 보는 거야

저녁노을

불그스름했다가
노랗게 되고
다시 푸른빛을 내는
알 수 없는 너

오늘은
벌써부터
불그스름하던데
진짜 나한테 취하게
맥주 한잔 어때?

꽃으로 피는 시간

깨끗한 깔판 위에
화선지 한 장을 펼쳤다
먹꽃을 피우고
그대에게 편지를 적으려고

화선지에
먹물과 물을
번갈아 떨어뜨렸다
넉넉하게 물 먹은 먹꽃은
점점 커지기 시작했다

활짝 피어나는 먹꽃!
결을 따라
굵은 소금을 올려두고
그대에게 하고 싶은 이야기를
내 안에 미리 적어보며
기다림에 들어갔다

필 때마다
다르게 핀 먹꽃
편지를 받고 웃어줄
그대 생각에
기다림이 먼저 꽃을 피웠다

틈

너도, 나도
조금씩 있는
그리고 서로
채워갈 수 있는
그리움 그곳에
우리가 있다

사랑이
기다림으로 있다

물수제비

새벽부터 내린 비는
종일 내릴 모양이다
우산을 들고 밖으로 나왔습니다

자연스럽게 향한 곳은
연꽃이 예쁘게 핀
공원

연꽃 핀 공원 옆으로
작은 연못이 있다
마침 오리 한 마리가 놀고 있습니다

혼자 놀기 심심했는지
분주하게 움직이며
나의 시선을 잡았습니다
현란한 날갯짓을 하던 오리는
물수제비를 남기며
날아올랐습니다

멋진 찰나를
영상에 담았습니다
눈앞에서 직접 보기는 처음입니다

오리가
물수제비 따는 것을 보고
그 자리에
어린 시절 기억이 펼쳐졌습니다

동그랗고 납작한
예쁜 돌멩이를 골라
물수제비를 더 많이 만들기 위해
도움닫기까지 했던 그때를

물수제비 위로
어린 시절 친구들 얼굴이
그리움을 튕기며 다가왔습니다

붉은 수제비

자연 면역력

심마니가
채취한 약초들을
말리고 달여서 만든
선물을 받았다

심산유곡 영지버섯과 상황버섯
잔대와 말발굽버섯
헛개나무열매, 더덕에
대추, 생강, 감초
여기에 받는 사람 마음까지 넣어
정성스럽게 달여 보낸 보물!

왈칵!
눈물이 쏟아지고 말았다
사랑합니다
고맙습니다

맑은 하늘

오늘 좋은 일 있니?
유난히 예쁘다
내가 말해 놓고
내가 웃었습니다

그대 생각 담고 사는 나는
늘 좋은 날인데
그래서
예쁘다는 말을
듣는데

소문

아니 땐 굴뚝에 연기 나랴
맞습니다
제 마음속은
온통 그대 보고 싶은 마음으로
가득 차 있답니다
그래서
날마다
싱글벙글입니다

바람 불어 좋은 날

금계국이 노랗게
끝도 없이 피어있고
오가는 사람 없어
한적한 강둑을
나 혼자 신나게 걸었다

유행가를 흥얼대다가
그대 생각 불러냈다

바람 불어 좋은 날
한적한 강둑은
그대 생각하며 걷기
딱이다
딱!

인사

풀숲에 모여 놀다가
내가 다가설 때
한꺼번에
자리를 이동하는 참새
참새가, 내 안의
그대 모습이나 생각하니
내 가슴으로 날아든다

그대와 나누었던 얘기들이
참새처럼 조잘댄다

개울가에 앉아서

맑은 하늘에는
구름이 지나가고
개울가엔
눈 녹아 물이 흐르고

포근한 햇살 아래서
부드러운 바람을 만났다
기분이 좋다

혹시
이 바람
네가 보낸 거니?
가슴에 매화꽃이 피는 걸 보면
더 생각해 달라며
네가 보낸 게 맞다

들국화

가던 발길
멈추게 하고
향기로 유혹하던 너!

나보다는
벌떼와 논다

그래
가끔은
내 안의 널
바라보는 것도
행복일 수 있어

여행

목적지가 정해지면
그곳
맛집, 유명한 장소
검색해서
빈틈없이 적어둔다
당연히
내 안의 그대와 출발!

보조개

이것 봐라
나는 둘이다
그녀가 자랑했다

웃을 때마다
오목하게 들어가는
예쁜 보조개

얼굴에 보조개를
가진 그녀가
볼 수 없는
그대 사랑 보조개
나도 둘이다

서리꽃

지난해 피어있던
갈대꽃에도
가을 내내 풍성했던
쑥부쟁이 넝쿨에도
서리꽃이 피었다

담고 나온
그대 생각 꺼내기
딱 좋은 날씨!

그대와 함께 걸을 수 있어
얼굴 가득 웃음꽃 피는
이른 아침 산책길

벤치

사랑방 옥상에 올라갔다
맑은 하늘이 지붕이 되어주고
따뜻한 햇볕이 벤치를 데웠다

자연의 넉넉함으로
내 안의 그대를 불러 내
옆자리에 앉혔다

눈빛만으로도 풍성한
벤치에서
꿀 같은 휴식을 취했다

쉿!
벤치야
너 소문 내지 마

동백꽃전

친정집에 도착해
짐도 풀기 전에
텔레비전에서
동백꽃전도 하더라며
동백꽃 따러 가신 엄마

두 손 가득
동백꽃을 따다가
반죽을 한다

반죽 한 수저에
동백꽃 한 잎!
동백꽃전을 부쳐
먼저 한입 맛보시고
동네 사람들 부르시는 엄마

동네 사람들
환하게 웃는 미소가
내 가슴에
동백꽃 전처럼 부쳐졌다

명품

매일
손때 묻고
아낌없이
사용되는
그날그날의 일상

네가
날 웃음 짓게 하는
명품이야
명품!

가을을 데리고 온 그대

볼을 스치며 지나던 바람이
플라타너스 잎 한 장을 던지며
"가을이야!"

그래 가을
유독 가을을 좋아했던 너
돌아서서 너를 찾았지만
너는 없고
플라타너스 잎 한 장만 손에 있다

바람이
또 아는 척하면
그대 생각을
가을에 담아와
고맙다고 말해야지

메밀꽃 피면

메밀꽃 꽃말은 '인연'이라는데
그래서일까요?
메밀꽃 피었다는 소식이 들리면
메밀꽃밭처럼 얼굴 가득 웃음 짓던
당신이 몹시도 그립습니다

떠날 줄 몰랐는데
내 안의 메밀밭처럼
그리움만 남겨두고 떠난 당신!

메밀꽃 피었다는 소식이 들려오면
내 안에서 당신 생각 꺼내봐야겠지요

매력

아파트 화단에
철쭉꽃이 피었다
저녁 산책길에
조명 받아
더 매력 있게 보인다

그래
내 안에도
그대 얼굴 환하게 볼 수 있게
보고 싶은 마음으로
밝히는 거야

맛집

칼국수 수제비가
맛있는 맛집을 만났다

새로 담은 겉절이가
감칠맛 나고
적당히 익은 김치 송송송
듬뿍 들어가
시원하고 깔끔한 맛!

야무진 손맛이
엄마 맛이다
다음에 다시 와야겠다
엄마 보고 싶을 때

시

아닌 밤중에 홍두깨라는
말이 있지요
쓰고 지우고
다시 쓰고 지우고
온밤을 하얗게
지새워도
얼마나 깊은지
그대 생각은
끝이 없습니다

이럴 줄 알았으면
그대 좋아하는
손칼국수라도
먼저 먹을 걸 그랬습니다

단추

작은 틈 사이로
들어가니
마치
한 몸인 듯
꼭 맞구나

신종 제비족

아파트 길가 좁은 틈에도
봄이 왔다
딱딱한 시멘트 사이로
제비꽃과 민들레가
함께 피었다

제비꽃과 민들레지?
너에게 물었을 때
장난기 가득한 얼굴로
민들레 제비라고
신종 제비족이라 말했던 너!

신종 제비족
다시 만났는데
너는 없고
네 생각 할 수 있는
그 봄만 있다

우산

노란 국화꽃이
규칙적으로 그려진
투명 우산을 어깨에 얹고
돌리다
네 생각이 났다
우산을 돌린다는 게
그리움을 돌렸나
옷이 다
젖어도 좋을 만큼
네가 보고 싶다

가을 들녘에서

부지런한 네 생각 꺼내다가
하루하루가 진해지고
강한 햇볕이
가을 들녘을 물들였다

간간이 부는 바람에
흔들리는 금빛 물결은
현기증 나게 황홀했고

풍성해진 나는
발길 돌리기 아쉬워
또 한참을 바라봤다

그 틈에 나도
금빛으로 물들었다
너를 좋아하는
나를 만났다

버드나무

돋아나는 모양이
이리저리
정해진 길만
고집하지 않는 너

봄바람이, 돋아난
줄기 사이사이를 지나면
마음 툭
내려놓고
늘어지는 너

그런 너를 본다
그리움에
그대 생각
늘어진 가지처럼 담고
부러워하라며 본다

가로등

순식간에
어스름이 공원을 덮었다
걸을 때마다
띵! 띵!
가로등이 파동을 일으키며
불을 밝혔다

잠시 걸음을 멈추고
내 안을 본다
띵 띵
내 안에도 불이 들어온다

내 안에서 나와
내 손잡은 그대와
웃으면서 집 앞까지 걸었다

여전히 불은 켜있고
웃으며 집 안으로 들어섰다

고드름

그리움에
떨어질 듯 말 듯
아슬아슬하게 달려있는 거
네 생각이었으면 좋겠네

아프긴 하겠지만
너라는 확신만 있으면
깨어져도 좋겠네

사진: 조정래

거울

한 번 보고
두 번 보고
자꾸만 들여다본다
거울 속에 비친
내 그리움 속을

그림자

햇빛을 등지고 걸으면
어김없이 나타나
앞장서서 걷는 너

내가 멈추면 멈추고
내가 움직이면 움직이는
따라쟁이

밤이 되면
다른 곳으로 옮겨가
따라다니기도 하는
욕심 많은 너

나를 따라
하루 종일 바쁘게 움직여도
지친 기색이 없다
그런 너도
빛이 없으면 쉴 수 있겠지?
너를 위해 소등을 한다

비 오는 날의 수채화

비가 내리는 날
사랑방에 앉아
집중하고 물방울을 그렸다

창밖에는
여전히 비가 내린다

"비 오는 날
 수채화를 그리면
 옅어지는 거 아세요?"

알면서도
과감하게
짙은 색을
채색했다

그리움이 옅어지지 않게
그대 생각 지워지지 않게

캔들워머

너는
위험하지 않아
탄 냄새 나지 않게
너를 태워

은은하고
따듯한 기운을 주듯

나도
내 안의 널
밝혀주고 싶어

네가 다가와
향기 속으로
나를 데리고 갈 수 있게

산딸나무꽃

꽃이 피었다
흰 나비들이 나폴 나폴
떼지어 예쁘다

예뻐!
내가
내 안의 너를 닮았다
말하니
내 가슴으로 날아든다
너라며 날아든다

물결

바람 부는 방향으로
일렁일렁
가만히 서 있는 나를 담고
춤추는 너
그래 맞다
내 안의 그대 생각
꺼내놓고
보고 싶어
가슴이 일렁 일렁

우리
닮은 게 맞다

달맞이꽃

친구들과
맨발로 뛰어놀던
모래 운동장!

지금은 폐교된
초등학교 운동장에서
달빛에
달맞이꽃만 피었다

꽃
사이사이로
친구들 얼굴이 담겼다

내 안에
달을 담았다
친구들 얼굴이 담겼다

낚시

내 안에
찌를 던져
기다린다

옳거니
물렸구나!

너는 오늘
나에게 행운이다

꽃차

덖으면
덖을수록
더 향긋하고
진해지는 꽃차처럼
보면
볼수록
더 가슴 찡하게 하는
너
꽃차 같은 너

곶감

냉동실에
곶감을 넣어두고
네 생각 날 때마다
꺼내다 보니
바닥이 드러났다

그래서
다시 채웠다

네 생각
안 할 수 없어서
앞으로도 계속 채워야겠다

개성

달라도 좋고
같아도 좋다
너를
생각하고 있는
나라면

목련

멀리서 보면
나뭇가지에 달린
팝콘 같은 너

떨어질 듯하면
나무 아래서
가슴을 연다
꽃 대신
그대 생각이 담긴다

벚꽃

그때의 아픔과
지금의 설렘
다음의 행복까지도
다 담고 있는
그런 벗
너
나와
연애할래?

그네

앞으로 갔다
뒤로 갔다 하면
힘든 생각이
바람에 실려 가지

앞으로 갔다
뒤로 갔다 하면
그대 생각은
오히려 바람에 담겨오고

그래서
그네를 타지
그대보다
보고 싶어 힘든
날 달래려고 타지

클로버 한 잎

너는 꽃말이
희망이라고 했던데
꽃말처럼
나에게 희망을 안겨 주었지

나는
또 다른 나에게
희망을 나눔 했고

고맙다
희망이란 이름으로
나에게 와주어서!

건전지

작은 쇳덩어리가
짝이 맞으면
찌릿하게 통하고

짝이 맞지 않으면
미동조차 않는 게
꼭 우리 마음 같다

그러니
내가 움직이려면
그대를 만날 수밖에 없지

사진: 장석령

상사화

꽃이 필 때
잎을 상상하고
잎이 자랄 때
꽃을 상상하고

한쪽이 지면
다른 한쪽은 피어
서로를 볼 수 없는 상사화

그대와
내가 아니니
다행이다
언젠가 만날
우리라서 다행이다

꽃야
외 외

봄밤

짙고 푸른
어둠 속에도
꽃은
환하게 빛나고

향기는
따뜻한
바람을 타고
내 가슴에 담긴다

늘 기다리는 그대가
내 가슴에
꽃이었다고 알린다

꽃쌈

먹는 꽃을 주문했다
꽃마다 맛이 달랐다
단맛, 쓴맛
더러는 신맛도 있다

쌀로 만든 종이에
곱게 채 썬 채소와 꽃을 올려
예쁘게 말아 먹는 맛
즐겁다

나는 지금
그대 생각하듯
봄을 먹고 있다

옷장 정리

분명 정리하고 비웠는데
옷장의 옷은 늘 그대로이다

하나 둘
정리해도
줄지 않는 옷
십 년이 넘은 옷도 있다

해도 해도
줄지 않는
내 안의 그대 생각처럼
닮아도
너무 닮았다
닮아서 더 좋다

튤립

진한 향기는 없어도
빨강, 주황, 노랑, 핑크
강렬한 색을 가진 튤립

추위를 견디고
견딘 만큼
다양한 색으로
매력을 뽐내는 너!

나도 너처럼
추위를 견디다 보면
일상이
꽃으로 필 날 있겠지

라일락

라일락꽃이 피면
전에 살던 곳으로
발길이 간다

그곳에서 맡았던
보랏빛 향기!
눈을 감고 향기 속으로 들어간다

향기 저 끝에서
너를 만난다
그대 좋아하는
라일락꽃이 된다

아보카도

아무 맛도
나지 않는 것 같지만
오래 씹을수록 고소하고
튀지 않으면서도
토마토, 양상추, 빵 사이에서
튀는 맛을 내는 너

나를 더
건강하게 만드는 아보카도
너!

일출

힘껏
어둠을 밀어내고
한순간에
아침을 물고 솟아오르는
해야!

아침마다
내 안에서
날 깨우는 그대처럼
멋지다
멋져

한련화

쌍화차가 먹고 싶을 때
집 앞 전통 찻집을 찾아갑니다
초가지붕이 정겹고
뒤뜰 화단에
화려하게 핀 한련화가
따뜻하게 반겨 주는 곳

오늘도
쌍화차 앞에 두고
당신과 나누던 수다가
몹시도 그리워 찾아왔습니다

한련화는 여전히 예쁘고
주문한 쌍화차도 그때처럼
내 앞에 나왔는데
그대가 없어 쓸쓸합니다

쓸쓸한 마음 지우려고
당신을 바라보듯
한련화만 한없이 바라봅니다

군고구마

전날부터 내리는 겨울비는
오후까지
세차게 쏟아진다

출출하던 나는
은박지에 고구마를 싸서
장작난로에 올렸다

고구마 익는
달콤한 향기에
군고구마를 좋아했던
그대 생각이
달콤하게 익는다

군고구마 향기가
세차게 내리는 겨울비를 지우고
그 자리에
봄꽃처럼 웃는
그대 얼굴을 내민다

물안개

이른 아침
달리는 차창 밖으로
피어오르는 물안개를 만났다

모락모락
피어오르는 모습은
신비롭다

오늘 아침
물안개를 만난 것은
행운이다

사랑을 담듯
내 눈과 마음까지
즐거움을 담을 수 있어
고맙다
고마워!

바다

그 넓이를
닮을 수 있을까?
그 깊이를
배울 수 있을까?

보기만 해도
넓어지는 가슴
볼 때마다
맑아지는 눈!

신비한 마술을 가진
그래서
더 사랑하고
그리워지는 바다

그리워하는 마음은
바다다
그대다

봄까치꽃

녹색바다에
보라색별이 펼쳐졌다
한참을 보고
또 봐도
예쁘다 예뻐!
그런데 너는
어느 별에서 왔니?

해당화

고향 바닷가
모래밭에
홀로 핀 너
고향 갈 때마다
너를 찾아가는 나

인사를 건네기도 전
활짝 웃으며
내 안부를 먼저 물었지

해당화를 볼 때면
고향 바닷가
네가 생각나

가슴 깊이 담아둔
그리움처럼
웃으면서 꺼내보는
첫사랑처럼

해당화

청양고추

한 입 먹으면
알알한 맛이 좋다

면역력 길러주고
혈액 순환에도 좋고
몸을 따뜻하게 만든다
나에게는
일등 음식!

다시 한 입 먹는다
네 맛이 입 안에
뱅 뱅
네 생각이 내 안에
뱅 뱅

미소

사람들은
모나리자 미소를
좋아한다고 하지요

모나리자의 미소에는
83프로의 행복과
17프로의 두려움이
담겼다고 합니다

하지만 저는
100프로 행복을 선물하는
당신 미소를 좋아합니다

미루나무

철쭉이 흐드러지게 핀
맑은 봄날
너를 처음 만났지
와!
너의 큰 키에 놀랐지

참 신기하더라
바람이
기분 좋게 불어
나도 모르게
어렸을 때 자주 부르던
'흰 구름'을 부르게 만들더라

　　"뭉게구름 흰 구름은
　　마음씨가 좋은가봐
　　솔바람이 부는 대로
　　어디든지 흘러간대요"

가다가
가다가
그대를 만날 수 있게
키 큰 미루나무

지금도
내 기억에 서 있다

하얀 민들레

바람을 타고
민들레 씨앗이
새로운 보금자리를 찾아
부지런하게 날아가지만

노란 민들레 군락지
한쪽에
하얀 민들레꽃이
늦게 피었다

늦어도
기다림을 꽃으로 피웠다
내 사랑처럼
아름답게 피었다

장미꽃

붉은
장미꽃을 볼 때마다
안개꽃이 생각난다
여유를 가질 때면
나를 안개꽃으로 만들어 놓고
내 안에서
더 선명해지는 너!
나는 그런 네가
이유없이 좋다

아버지 사랑

엄마가
무릎 수술을 했다
시골에서
택배 올 일 없을 거라
안심하고 있었는데!
완두콩 한 상자가 왔다

엄마에게 전화 드렸다가
아버지가 보냈다는 걸 알았다
친정집에 가면
아침, 점심, 저녁 드실 때
이야기 몇 마디 나눌 뿐
"너희끼리 놀아라"
단골 멘트 남기고
혼자 계셨던 아버지!

아버지가 보낸 상자에
아버지 사랑이 가득하다
그러고 보면
드러내지는 않았을 뿐
아버지 사랑도
엄마처럼 많다

소나무

나는
소나무 너를 좋아해
봄, 여름, 가을, 겨울이 가고

다시
봄, 여름, 가을, 겨울이 가도
늘 변함없이 푸른 너!

나는
네가 좋아
내 가슴에 깊게 뿌리내린
네가 좋아

검정보리

내 안에
고향마을 청보리만 있는 줄 알았는데
너도 있었구나!

바람이 지나면
진한 무늬를 만드는
너는 특별해

바람에
내 소식 담아
고향 마을에 보내주겠다는
검정보리 너
사랑이라 해도 좋을 너!

가방

이것저것
필요한 걸 다 넣으니
너무 무거워

오늘은
이것저것 빼고
다시 정리 중!

내 안의
그대 생각
가득 담아도
담긴 만큼
더 가벼워졌는데

빈 공간에
그대 생각이나 더 넣어야겠다

길

한 길을
고집하는 나

새로운 길을 개척하며
내 길을 가지만
결국, 내 안의
너를 향해 걸어가는 나

너도 나를 향해
한 길을 고집해주면 좋겠다

그 길
그 마음 막지 않을 테니까

오리

요즘 오리들은
겁도 없다
네 잎 클로버를 찾고 있는데
뒤뚱뒤뚱
내 곁으로 왔다

내가 바라봐도
경계하지 않는다

오리 꽥 꽥
오리 꽥 꽥
내가 말하자
들은 척도 안 하고
뒤뚱거리며 간다

웃음이 나왔다
오리도
내 안의 그대처럼
날 웃게 하네!

편의점

편의점과 나는
닮았다

편의점이
24시간 열 듯
내 안의 그대 생각도
당연히 항상 나니까

시계

보려고 찼는데
핸드폰만 찾고 있지

시계는 바쁜 일상
핸드폰은
늘 그리운 그대

이팝나무

도심 속
이팝나무 가로수가
예쁘게 피었다

은은한 향기에
햇빛을 받으면
더 하얀 꽃빛!

바쁜 일상을
지워 보라며
내 눈에 피었다
네
웃는 얼굴로 피었다

2부

감성을
작품으로

너는
위험하지않아
탄 냄새 나지않게
너를 태워
은은하고
따뜻한 기운을 주듯
나도
내안의 널
밝혀주고싶어
네가 다가와
향기속으로
나를 데리고 갈수 있게

캔들워머
허 정아

별하 이미영

캘리그라피 작가
한국JD아트센타 소속 강사
한빛서각 회원
팝아트연구회 회원

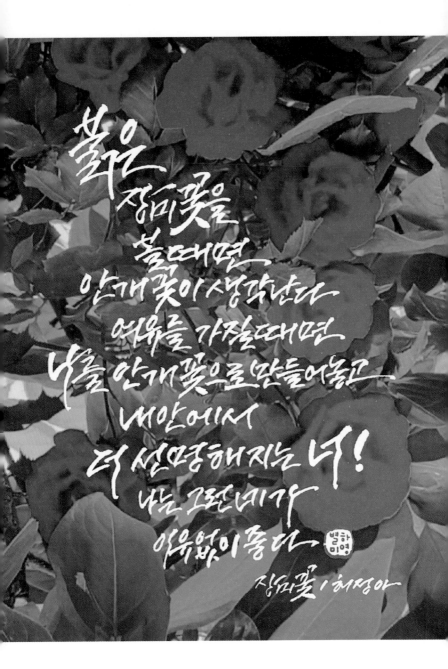

붉은
장미꽃을
볼때면
안개꽃이 생각난다
여유를 가질때면
나를 안개꽃으로 만들어놓고
내안에서
더 선명해지는 너!
나는 그런 네가
이유없이 좋다

장미꽃 / 허정아

붉그스름했다가
노랗게 되고
다시 푸른 빛을 내는
알수없는 너!
오늘은
밝혀서부터
붉그스름하던데
진짜 나한테 취하게
맥주 한잔 어때~?

저녁노을
허 정아

한번보고
두번보고
자꾸만 들여다본다
거울속에
비친
내그리운 속을

거울

허정아

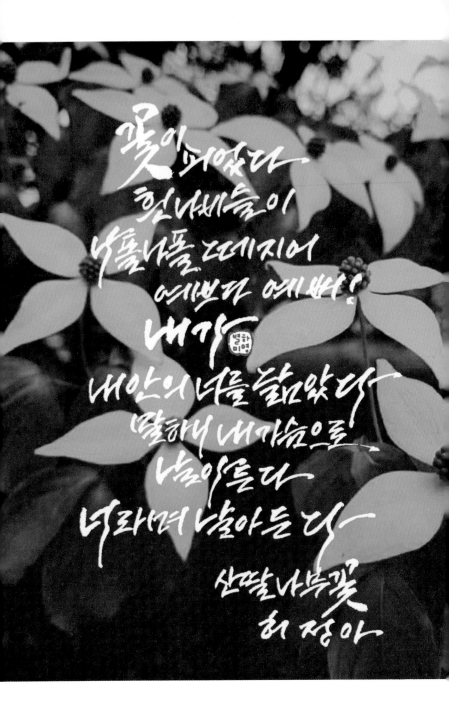

꽃이 피었다
힛내비슬이
나풀나풀 드레지어
예쁘다 예뻐!
내가

내안의 너를 닮았다
말하니 내가슴으로
날아든다
너라면 날아든다

산딸나무꽃
허 정아

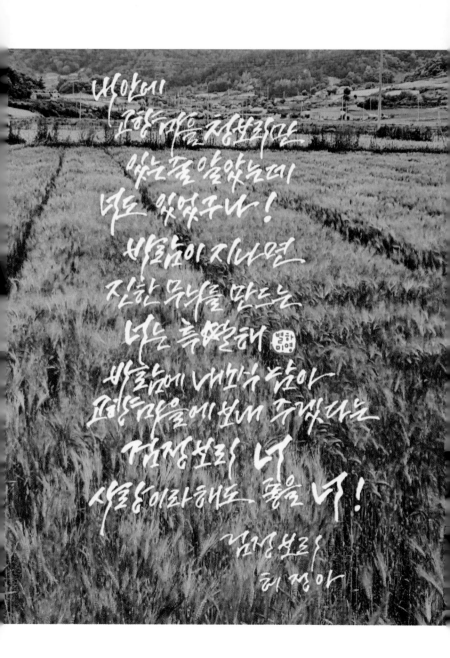

내 안에
고향 마을 청보리만
있는 줄 알았는데
너도 있었구나!
바람이 지나면
진한 무늬를 만드는
너는 흑맥일해
바람에 내 마음 담아
고향 마을에 보내 주겠다는
청보리 너
사랑이라 해도 좋을 너!

청보리
허정아

123

사랑했던 휴상에 올라앉다

맑은 하늘이 지붕이 되어주고

따뜻한 햇볕이 벤치를 데웠다

자연의 넉넉함으로

내 안의 그대를 불러내

옆자리에 앉혔다

눈빛만으로도 풍성한 벤치에서

꿀같은 휴식을 취했다

쉿! 벤치야

너 소문내지마

벤치 | 허정아

목적지가
정해지면
그곳
맞자, 유명한 정보
검색해서
빠틈없이 적어둔다
출발 할때는
장엄히 [별·하·미연]
내안의 그대와 출발!

여행 • 허정아

125

깊고 푸른
어둠속에도
꽃은 환하게 빛나고
향기는
따뜻한 바람을 타고
내가슴에 담긴다

늘 기다리는 그대가
내가슴에
꽃이였다고 알린다

봄밤 1 허정아

126

작은 쇳덩이가
짝이맞으면
짜릿하게 통하고
짝이 맞지 않으면
미동조차 않게
꼭 우리마음같다
그러니
내가 움직이게 조재를 만나야겠다

건전지·허정아

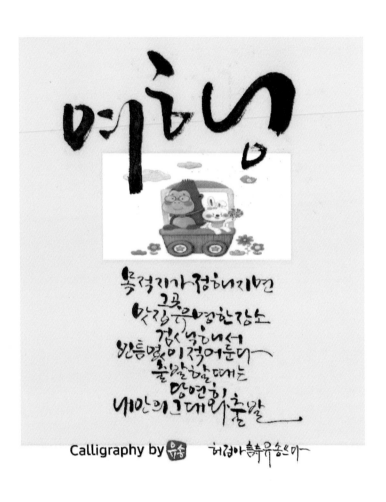

유송 우양순

글벗문학회 캘리분과 회원. 윤석구 시인 시집 『첫눈에 반하다』 캘리
그라피 초대 작가, 정태운 시인 시집 『사랑도 와인처럼』 표지 글씨
및 1부 캘리그라피 참여, 김학주 시인 시집 『사랑별꽃』 캘리그라피
참여 등 시집 다수 작품 캘리그라피 참여

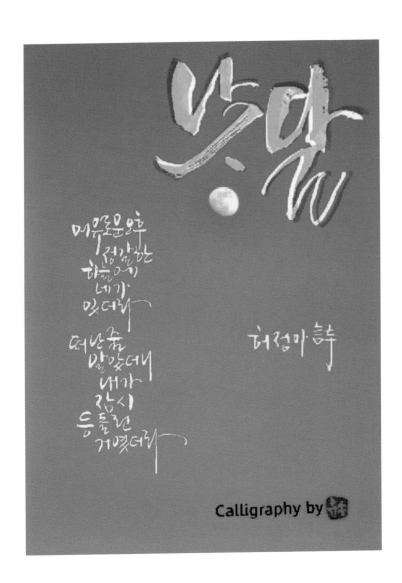

머물른오후
청량한
하늘에
네가
있더라

떠났음을
말았네
내가
잠시
등돌린
거였더라

허령미 詩

Calligraphy by 許

129

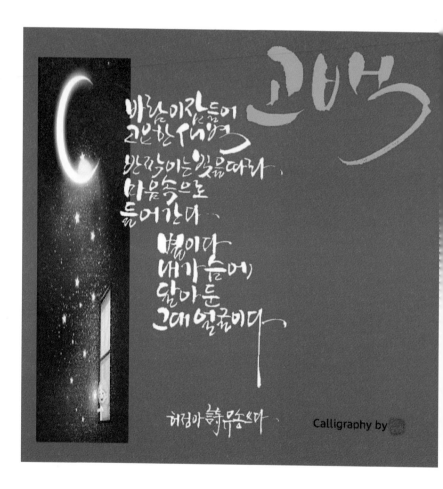

고백

바람이 잔뜩이
고요한 시내처럼
반짝이는 잎들따라
마음속으로
들어간다

별이다
내가슴에
담아둔
그대 얼굴이다

허정아 詩 무송 쓰다

Calligraphy by

벤치

사랑방 꼭대기에 올라갔다
맑은 하늘이 지붕이 되어주고
따뜻한 햇볕이 벤치를 데웠다

자연의 넉넉함으로
내 안의 그대를 불러내
옆자리에 앉혔다

눈빛만으로도 풍성한
벤치에서
꿀같은 휴식을 취해본다

쉿!
벤치야
너 손 문 내리미~

2004년 허경아 詩 목송 그림~

131

명품

내맘
손대놓고
아낌없이
사용되는
그날그날의 일상

네게
없이
못읖직게하는
명품이다
명품

백련 허정아诗

Calligraphy by 유솔

멀리서 보면
나무가 지어버린
당콩같은 너
떨어질듯하면
나무마다서
가슴을 연다
꽃 대신
그대생각이
담긴다

백현 허경아 詩 유송으다

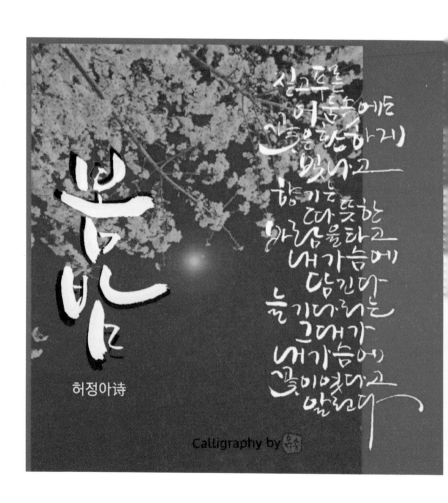

허정아 诗

Calligraphy by

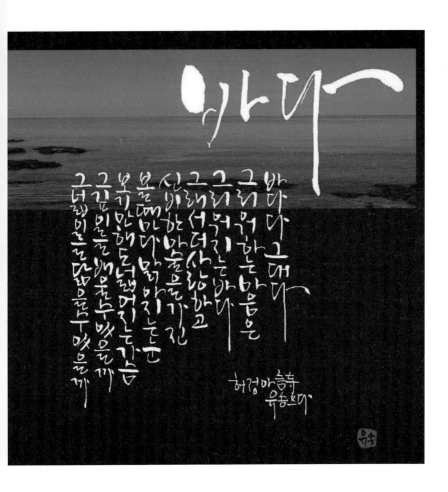

바다

바다
그대
한 마음은
그 어디 한
그 역지는 바다
그 서러 사랑하고
신 바람에 밀물 가진
물보며 맑아지는 몸
봄비 여름 내려 멀어진 가슴
목주 매어서 바다도 넓어진다니
그 끝일듯 끝이 보이지 않으련
그 넓어 있는 끝으론 무엇 있을까

허경아름혹
유송조아

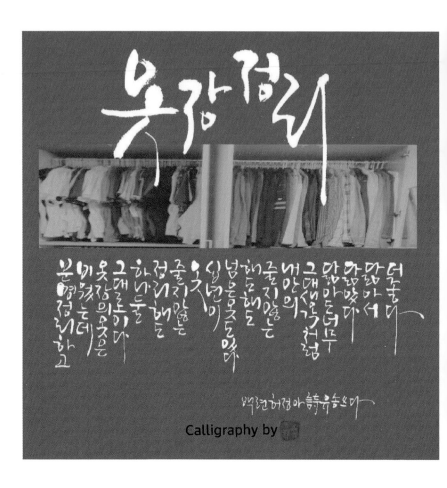

옷장 정리

더 늦기 전에
나를 위해
꽃보다 예쁜
꾸미아도너무
그대에게 걸친 옷처럼
내 안의
그를지 않는
줄지 않는
네 마음을 비웠으면
너를 웃으며
이제는
우두커니
넘기지 않는
정리해
그대도 아닌
옷장의 옷을
비웠는데
분명 정리하고

벽련허경아詩 유숙쓰다

Calligraphy by

Calligraphy by

137

밝히는 거야
마음으로
보고 싶은
만나고 싶어서
그대 얼굴을
그래 내 안에
보인다
더 멀리 있었어
조용히 있잖아
거리 사각 걸어
철쭉꽃 이었다
아름드리 한다이

사랑

허영자 詩
유송오다

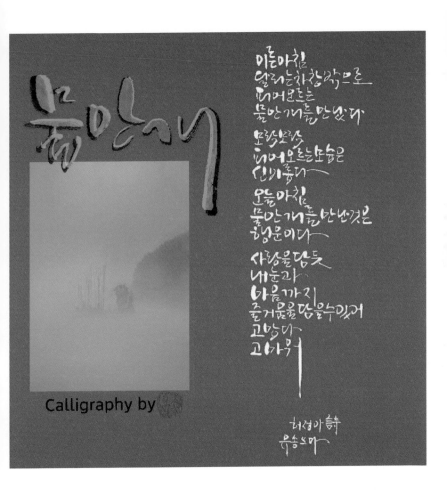

Calligraphy by

허정아 詩
유송자 쓰다

139

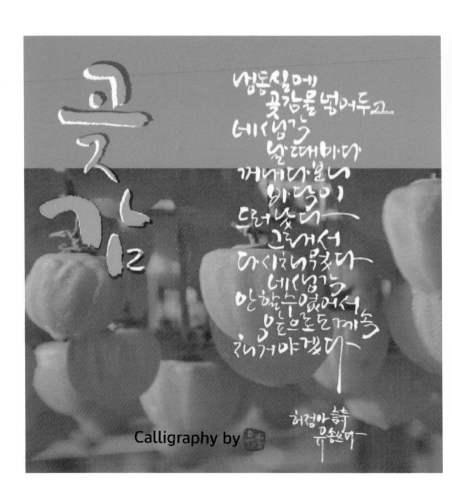

곶감

냉동실에
곶감을 넣어두고
깨냄깡
날 때마다
꺼내다 보니
바닥이
드러났다
그래서
아쉬워졌다
깨냄깡
안 할 수 없어서
앞으로도 계속
이어가야겠다

Calligraphy by

허경아 늙히
유송스러

먹어보니 너무 좋아요 석류즙을 꼭

드시게 하고 싶었어요 석류즙이

배달되었다

붕크릅! 참 따뜻한 그마음!

오늘도 먹어보니 참 좋다 그대마음

이라 생각하니 더 맛있다

석류

석류과즙 100%

착한기법

석류즙

·허정아·

Calligraphy Design by JARYEONG 자령

자령 이영희

한국두드림드림아트 소속 강사
중·고등학교 캘리그라피 강의
강원경제신문 '감성시인 안동석의 감성시' 캘리그라피 작품 연재 중

힘껏 어둠을 밀어내 순간에
아침을 물고 솟아 오르는 해야!
아침마다 내 안에서 날깨우는
그대처럼 멋지다 멋져

허정아 | 일출

Calligraphy by 자경

밤을 뒤척이다 보니 새벽이 달려와
있다 그대생각도 함께 데려온 새벽!
그래서 일까 이시간에 그대생각 ?
담고 마시는 커피 참맛있다

백련 · 커피가 맛있는 시간

Calligraphy Design by JARYEONG 자령

143

아무맛도
나지 않는 것 같지만
오래 씹을수록 고소하고
튀지 않으면서도
토마토, 양상추, 빵 사이에서
튀는 맛을 내는 너

나를 더
건강하게 해주는 아보카도
너 !

허정아 / 아보카도

Calligraphy Design by JARYEONG

144

꽃이 피었다.
흰나비들이 나풀나풀
떼지어 예쁘다.
예뻐!
내가.
내안의 니를 닮았다.
말하니
내가슴으로 날아든다.
니라며 날아든다.

허정아 / 산딸나무꽃

Calligraphy by 사경

145

봄까치꽃

녹색바다에
보라색별이
펼쳐졌다
둘봐도
예쁘다 예뻐!
그런데 너는
어느 별에서
왔니?

허정아

Calligraphy by 자경

146

한번보고 두번보고 자꾸만 들여다 본다
거울속에 비친 내 그리움 속을

백련 ㅣ 거울

Calligraphy by 자경

장미꽃을 볼때면
만개꽃이 생각난다~
머무를 가질때면
나를 만개꽃으로 만들며 놓고
네 맘에서~
더 선명해지는 너!
나는 그런네게~
미유없이
좋다~

장미꽃.최정아
며]무린쓴다~

예원 **손영경**

복지관 및 주민센터 캘리그라피 강의
복지관 및 주민센터 사군자 강의
강암서예대전 문인화 우수상 2회
행주대첩전국휘호대회 문인화 최우수상

꽃이 피었다~
흰나비들이
나풀나풀
떼지어
예쁘다~
예뻐!
내가
내안의 너를 닮았다~
말하니
내가슴으로
날아든다~
너라며 날아든다~

허정아 산딸나무꽃
피웠었다~ 예원

149

유원 **정희애**

사)한국현대미술협회 캘리그라피분과장 및 심사위원 초대작가
사)한국전통예술협회 캘리그라피 부산지부장 및 심사위원 초대작가
한국미술협회 회원
『커피는 사랑으로 다가서는 핑계』 캘리그라피 시집 출간(윤보영 편)

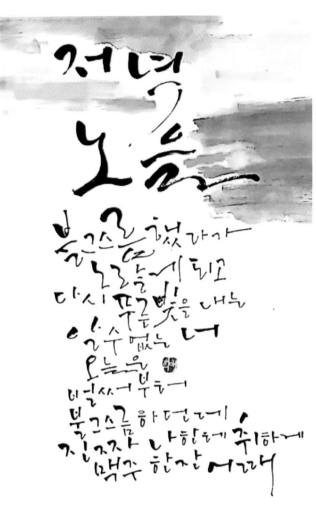

저녁 노을

붉그스름했다가
노랗게 되고
다시 푸른빛을 내는
알 수 없는 너

오늘은 애
벌써부터
붉그스름하더니
진짜 나한테 취하게
맥주 한잔 어때

저녁아씨, 감성글쟁이 흐마너 쓰고 그리다

151

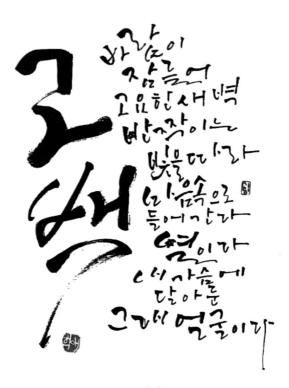

밤하늘이
잠듦에
고요한 새벽
반짝이는
별을 따라
마음속으로
들어간다
영이다
내 가슴에
담아둔
그대 얼굴이다

허정아 시, 감성글쟁이 희매 쓰다

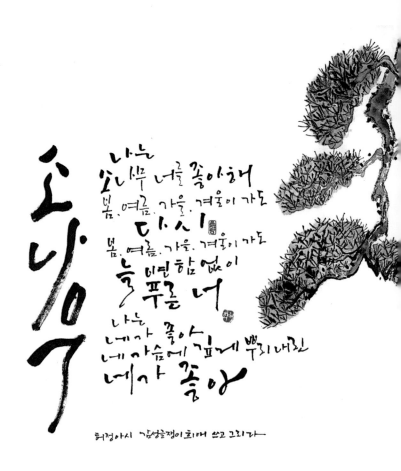

조나무

나는
소나무 너를 좋아해
봄. 여름. 가을. 겨울이 가도
다시
봄. 여름. 가을. 겨울이 가도
늘 변함 없이
푸른 너

나는
네가 좋아
네 가슴에 깊게 뿌리내린
네가 좋아

허정아시 김성출정이희매 쓰고 그리다

그래 맑다

냇 안의 구태생 깐

꺼내놓고

보고싶어

가슴이인 정일렁

우리 대롱에

맑자

허정아시
유영리에
쓰다

154

웃음

밤하늘부는 방향을
일렁일
가만히 서서
날들을 담고
유유히 흘러주는
너가지

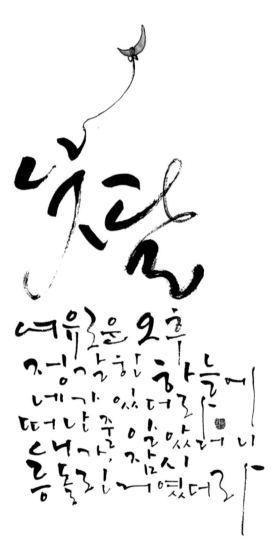

낮달

여유로운 오후
정겨운한 하늘에
네가 있더라
떠날 줄 알았는데 니
잠시
등불 나 에 있더라

허정아
감성글쟁이 ㊞ 쓰고그리다

156

해솔 **강전주**

대한민국아카데미미술협회 캘리지도사 1급
28회 대한민국서예전람회 캘리 입선
21회 해동서화대전 이사장상 입선
9회 대한민국나라사랑미술대전 특선 입선

올해는
이곳에서
싹을 틔웠는데
내년에는
어디로 가볼까

즐거운
고민을 하지
그래 내년에는
좋아하는 사람들
가슴에 담고 사는
사람들 가슴에
싹을 틔워
볼래야

허정아 님의
꽃씨

calligraphy & design by 해솔

158

너도 가끔
내 생각하겠지
내가 이리
생각하는데
아마도
아니 꼭

백년혜정아시인
"내친구中"
해송

해송캘리

159

낮달

허정아

여유로운 오후
청갈한 하늘에
네가 있더라
떠난 줄 알았더니
내가, 잠시
등 돌린 거였더라

김봄뜨락 **김영운**

캘리그라피 작가
33회 대한민국서법예술대전 캘리그라피 입선

160

고백

최정하

바람이
잠들어
고요한
새벽
반짝이는
빛을 따라
마음 속으로 들어간다
뿔이다 내 가슴에 담아 둔
그대 얼굴이다

올해는
이곳에서
싹을틔웠는데
내년에는 어디로가볼까?
즐거운고민을하지
그래 내년에는
좋아하는사람을
가슴에담고사는
사람들가슴에
싹을틔워보는거야

꽃씨·허정아

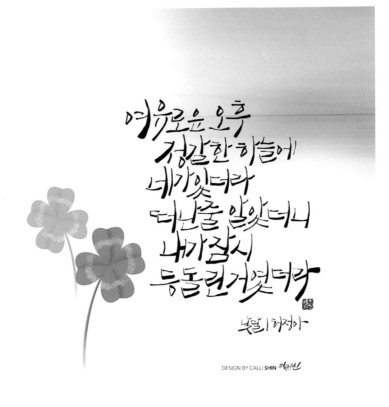

여유로운 오후
청갈한 하늘에
네가있더라
떠난줄 알았더니
내가잠시
뒤돌린거엿더라

봄날 | 허정아

DESIGN BY CALLI SHIN 캘리신

캘리신 **신석현**

캘리그라피 프리랜서
필동 캘리붓반
디지털 캘리그라피

너도 가끔
내 생각하겠지
내가 이리 생각하는데
아마드
아마드

- 백현 혜정아 '버킷리스트' 中 -

Calligraphy Design by CalliSHIN

낮달
허정아.

여유로운 오후
정갈한
하늘에
네가
있더라
떠난줄 알았더니
내가잠시
등돌린
거였더라

Design by GRACE CALLI

꼬망세20 **조선영**

꼬망세20 대표
업사이클링 실천가
남동구 평생학습동아리 그레이스캘리 대표

바람부는 방향으로
일렁일렁
가만히 서 있는 나를 담고
춤추는 너

허정아 / 물결

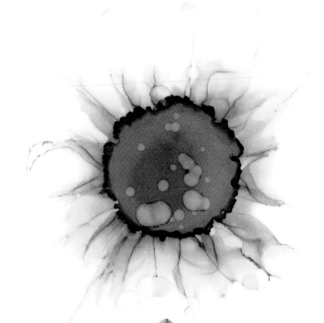

한번보고 두번보고
자꾸만 들여다본다

벚꽃

허정아님 詩

그대의 아픔과
지금의 설렘과
다음의 행복까지도
다 담고있는
그런 벗
나와
연애 할래?

- 청심 -

청심 김경숙

캘리그라피 작가
제25회 대한민국소품미술대전 삼체상
한국캘리그라피협회 창립 3주년 기념 캘리그라피 장려상

동그랗게
내리는눈
눈이 시리다

너도아는데
네얼굴로
가슴까지 시리게한다

눈 허정아님詩

나는
또다른
나에게
희망을나눔했고
고맙다
희망이란
이름으로나에게
와주어서

연주

허정아「클로버한잎中에서」

박연주

캘리그라피 작가
소리나무 작가
켄셉캘리아카데미
페러럴펜글씨

보려고
찾는데
핸드폰만
보고있지
시계는바쁜일상
핸드폰은늘
그리운그대

시계 / 허정아

정혜정

캘리그라피 프리랜서
유튜브 '홈쓴캘리'
디자이너
허정아 에세이 『나는 뻔뻔하게 살기로 했다』 표지 글씨 디자인

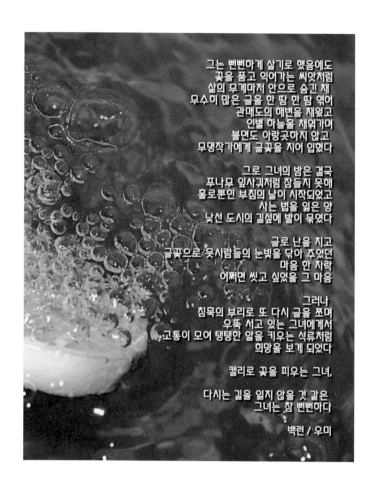

그는 뻔뻔하게 살기로 했음에도
꽃을 품고 익어가는 씨앗처럼
삶의 무게마저 안으로 숨긴 채
무수히 많은 글을 한 땀 한 땀 엮어
관매도의 해변을 채웠고
인별 하늘을 채워가며
불면도 아랑곳하지 않고
무명작가에게 글꽃을 지어 입혔다

그로 그녀의 밤은 결국
푸나무 잎사귀처럼 잠들지 못해
홀로뿐인 부침의 날이 시작되었고
사는 법을 잃은 양
낯선 도시의 길섶에 발이 묶였다

글로 난을 치고
글꽃으로 뭇사람들의 눈빛을 닦아 주었던
마음 한 자락
어쩌면 씻고 싶었을 그 마음

그러나
침묵의 부리로 또 다시 글을 쪼며
우뚝 서고 있는 그녀에게서
고통이 모여 탱탱한 알을 키우는 석류처럼
희망을 보게 되었다

캘리로 꽃을 피우는 그녀,

다시는 길을 잃지 않을 것 같은
그녀는 참 뻔뻔하다

백련 / 우미

김학주 시인님

월간《한울문학》신인문학상 수상(시 등단)
《시조시학》신인작품상 수상(시조 등단)
한국문인협회 회원

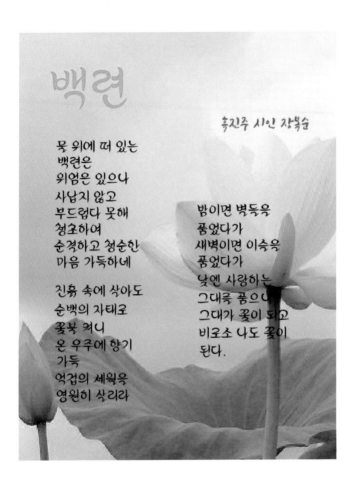

백련

흑진주 시인 장복순

못 위에 떠 있는
백련은
위엄은 있으나
사납지 않고
부드럽다 못해
청초하여
순결하고 청순한
마음 가득하네

진흙 속에 살아도
순백의 자태로
꽃복 켜니
온 우주에 향기
가득
억겁의 세월을
영원히 살리라

밤이면 별들을
품었다가
새벽이면 이슬을
품었다가
낮엔 사랑하는
그대를 품으니
그대가 꽃이 되고
비로소 나도 꽃이
된다.

장복순 시인님

《참여문학》으로 등단
한국문인협회 회원
광양저널 기자(서울지부 편집본부장)
가천대 명강사최고위과정 운영 교수

감성을 두드리다

허정아 지음

발 행 처·도서출판 청어
발 행 인·이영철
영   업·이동호
홍   보·천성래
기   획·남기환
편   집·방세화
디 자 인·이수빈 | 김영은
제작이사·공병한
인   쇄·두리터

등   록·1999년 5월 3일
(제321-3210000251001999000063호)

1판 1쇄 발행·2022년 9월 20일

주소·서울특별시 서초구 남부순환로 364길 8-15 동일빌딩 2층
대표전화·02-586-0477
팩시밀리·0303-0942-0478

홈페이지·www.chungeobook.com
E-mail·ppi20@hanmail.net
ISBN·979-11-6855-067-4(03810)